AF410971

LES PRECIEUSES RIDICULES.

LES PRECIEUSES RIDICULES,

COMEDIE.

Par J. B. P. DE MOLIERE.

A AMSTERDAM,
Chez HENRI WETSTEIN,
M. DC. XCII.

LES PERSONNAGES.

LA GRANGE,
DU CROISI, } Amans rebutez.

GORGIBUS, bon Bourgeois.

MAGDELON, Fille de
    Gorgibus. }
CATHOS, Niéce de Gor- } Precieuses ridi-
    gibus. } cules.

MAROTTE, Servante des Precieuses Ridi-
    cules.

ALMANZOR, Laquais des Precieuses Ridi-
    cules.

LE MARQUIS DE MASCARIL-
    LE, Valet de la Grange.

LE VICOMTE DE JODELET,
    Valet de du Croisi.

DEUX PORTEURS de chaise.

VOISINES.

VIOLONS.

PREFACE.

C'EST une chose étrange qu'on imprime les Gens malgré eux. Je ne vois rien de si injuste, & je pardonnerois toute autre violence, plûtôt que celle-là.

Ce n'est pas que je veuille faire ici l'autheur modeste, & méprifer par honneur ma Comedie. J'offenferois mal à propos tout Paris, fi je l'accufois d'avoir pû applaudir à une fottife; comme le public eft le Juge abfolu de ces fortes d'ouvrages, il y auroit de l'impertinence à moi de le démentir, & quand j'aurois eu la plus mauvaife opinion du monde de mes Pretieufes Ridicules, avant leur reprefentation, je dois croire maintenant, qu'elles va-

A 2

lent

PREFACE.

Outre quelque grand Seigneur, que j'aurois été prendre malgré lui pour Protecteur de mon Ouvrage, & dont j'aurois tenté la liberalité, par une Epître dedicatoire bien fleurie; j'aurois tâché de faire une belle & docte Préface, & je ne manque point de Livres, qui m'auroient fourni tout ce qu'on peut dire de savant sur la Tragedie, & la Comedie; l'Etymologie de toutes deux, leur origine, leur definition, & le reste. J'aurois parlé aussi à mes amis, qui pour la recommendation de ma Piece, ne m'auroient pas refusé, ou des Vers François, ou des Vers Latins. J'en ai même qui m'auroient loüé en Grec, & l'on n'ignore pas qu'une loüange en Grec, est d'une merveilleuse efficace à la tête d'un Livre:

Mais

PREFACE.

Mais on me met au jour, sans me donner le loisir de me reconnoître; Et je ne puis même obtenir la liberté de dire deux mots, pour justifier mes intentions, sur le sujet de *cette* Comedie. J'aurois voulu faire voir qu'elle se tient par tout dans les bornes de la satyre honnête & permise; Que les plus excellentes choses sont sujettes à étre copiées par de mauvais singes, qui meritent d'étre bernez; que ces vicieuses imitations de ce qu'il y a de plus parfait, ont été de tout temps la matiere de la Comedie, & que par la même raison, les veritables Savans, & les vrais Braves, ne se sont point encore avisez de s'offenser du Docteur de la Comedie, & du Capitan, non plus que les Juges, les Princes,

A 4

&

& les Rois, de voir Trivelin, ou
quelque autre sur le Theatre, faire ridiculement le Juge, le Prince,
ou le Roi: Aussi les veritables Precieuses, auroient tort de se piquer,
lors qu'on jouë les Ridicules, qui les
imitent mal: Mais enfin, comme
j'ai dit, on ne me laisse pas le temps
de respirer, & Monsieur de Luynes
veut m'aller relier de ce pas: A la
bonne heure, puisque Dieu l'a voulu.

LES

LES
PRECIEUSES
RIDICULES.

SCENE PREMIERE.

LA GRANGE, DU CROISI.

DU CROISI.

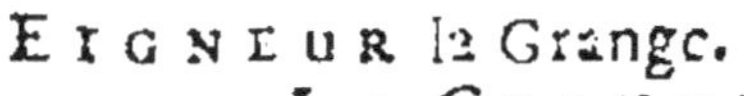

EIGNEUR la Grange.

LA GRANGE.

Quoy?

DU CROISI.

Regardez moi un peu sans rire.

LA GRANDE.

Et bien?

DU CROISI.

Que dites-vous de nôtre visite? en êtes vous fort
satisfait?

LA GRANGE.

A vôtre avis, avons nous sujet de l'être tous
deux?

A 5

Du

DU CROISI.
Pas tout à fait, à dire vrai.

LA GRANGE.
Pour moi je vous avouë que j'en suis tout scanda-
lisé. A-t-on jamais veu, dites moi, deux Pecques
Provinciales faire plus les rencheries que celles-là,
& deux hommes traités avec plus de mépris que
nous? A peine ont-elles pû se resoudre à nous faire
donner des sieges. Je n'ai jamais vû tant parler à
l'oreille qu'elles ont fait entr'elles, tant bâailler,
tant se frotter les yeux, & demander tant de fois
quelle heure est-il? Ont elles répondu que, oüi,
& non, à tout ce que nous avons pû leur dire? Et ne
m'avoüerez-vous pas enfin, que quand nous au-
rions été les dernieres personnes du monde, on ne
pouvoit nous faire pis qu'elles ont fait?

DU CROISI.
Il me semble que vous prenez la chose fort à
cœur.

LA GRANGE.
Sans doute je l'y prens, & de telle façon que je
veux me vanger de cette impertinence. Je connoi
ce qui nous a fait méprisér. L'air precieux n'a pas
seulement infecté Paris, il s'est aussi répandu dans
les Provinces, & nos Donzelles ridicules en ont hu-
mé leur bonne part. En un mot, c'est un ambigu de
Precieuse & de Coquette que leur personne; Je voi
ce qu'il faut être, pour en être bien receû, & si
vous m'én croyez, nous leur joüerons tous deux u-
ne piece, qui leur fera voir leur sottise, & pourra
leur apprendre à connoître un peu mieux leur monde.

DU CROISI.
Et comment encore?

LA GRANGE.
J'ai un certain valet nommé Mascarille, qui pas-
se,

se, au sentiment de beaucoup de gens, pour une maniere de bel esprit; car il n'y a rien à meilleur marché que le bel esprit maintenant. C'est un extravagant, qui s'est mis dans la tête de vouloir faire l'homme de condition. Il se pique ordinairement de galanterie, & de Vers, & dedaigne les autres valets jusqu'à les appeller brutaux.

D u C R O I S I.

Et bien qu'en pretendez-vous faire ?

L a G R A N G E.

Ce que j'en pretens faire; il faut..... mais sortons d'ici auparavant.

S C E N E II.

G O R G I B U S, D U C R O I S I,
L A G R A N G E.

G E O R G I B U S.

ET bien, vous avez vû ma niéce & ma fille, les affaires iront-elles bien ? quel est le resultat de cette visite ?

L A G R A N G E.

C'est une chose que vous pourrez mieux apprendre d'elles, que de nous. Tout ce que nous pouvons vous dire, c'est que nous vous rendons graces de la faveur que vous nous avez faite, & demeurons vos tres-humbles serviteurs.

G O R G I B U S.

Oüais, il semble qu'ils sortent mal satisfaits d'ici: d'où pourroit venir leur mécontentement ? il faut savoir un peu ce que c'est. Hola.

A 6　　　　　S C E-

SCENE III.

MAROTTE, GORGIBUS.

MAROTTE.

QUe defirez vous, Monfieur ?

GORGIBUS.

Où font vos Maîtreffes ?

MAROTTE.

Dans leur cabinet.

GORGIBUS.

Que font elles ?

MAROTTE.

De la pommade pour les levres,

GORGIBUS.

C'eft trop pommadé : Dites leur qu'elles defcendent. Ces pendardes-là avec leur pommade ont, je penfe, envie de me ruiner. Je ne voi par tout que blancs d'œufs, lait virginal, & mille autres brimborions que je ne connois point. Elles ont ufé, dépuis que nous fommes ici, le lard d'une douzaine de cochons, pour le moins ; & quatre valets vivroient tous les jours des pieds de mouton qu'elles employent.

SCE-

SCENE IV.

MAGDELON, CATHOS, GORGIBUS.

GORGIBUS.

IL est bien necessaire, vraiment, de faire tant de dépense pour vous graisser le museau. Dites-moi un peu ce que vous avez fait à ces Messieurs, que je les voi sortir avec tant de froideur ? Vous avois-je pas commandé de les recevoir comme des personnes, que je vous voulois donner pour maris ?

MAGDELON.

Et quelle estime, mon pere, voulez-vous que nous fassions du procedé irregulier de ces gens là ?

CATHOS.

Le moyen, mon oncle, qu'une fille un peu raisonnable se pût accommoder de leur personne ?

GORGIBUS.

Et qu'y trouvez-vous à redire ?

MAGDELON.

La belle galanterie que la leur ! quoi, debuter d'abord par le mariage ?

GORGIBUS.

Et par où veux-tu donc qu'ils débutent ? par le concubinage ? n'est-ce pas un procedé, dont vous avez sujet de vous loüer toutes deux, aussi-bien que moi ? est-il rien de plus obligeant que cela ; & ce lien sacré où ils aspirent n'est-il pas un témoignage de leurs intentions ?

MAGDELON.

Ah mon pere ! ce que vous dites-là est du dernier Bourgeois. Cela me fait honte de vous oüir parler de la sorte, & vous devriez un peu vous faire apprendre le bel air des choses.

GORGIBUS.

Je n'ai que faire, ni d'air, ni de chanson. Je te
dis que le mariage est une chose sacrée, & que c'est
faire en honnêtes gens que de débuter par là.

MAGDELON.

Mon Dieu, que si tout le monde vous ressem-
bloit, un Roman seroit bien-tôt fini! la belle chose que ce seroit, si d'abord Cyrus épousoit Man-
dane, & qu'Aronce de plein pied fut marié à Cle-
lie.

GORGIBUS,

Que me vient conter celle-ci?

MAGDELON.

Mon Pere, voilà ma cousine, qui vous dira, aussi bien que moi, que le mariage ne doit jamais arriver qu'après les autres avantures. Il faut qu'un A-
mant, pour être agreable, sache debiter les beaux
sentimens, pousser le doux, le tendre, & le passionné, & que sa recherche soit dans les formes. Pre-
mierement. il doit voir au Temple ou à la prome-
nade, ou dans quelque ceremonie publique, la
personne dont il devient amoureux; ou bien être
conduit fatalement chez elle, par un parent ou un
ami, & sortir de là tout rêveur & melancolique. Il
cache un temps sa passion à l'objet aimé, & cependant lui rend plusieurs visites, où l'on ne manque
jamais de mettre sur le tapis une question galante,
qui exerce les esprits de l'assemblée. Le jour de la
declaration arrive. qui se doit faire ordinairement
dans une allée de quelque jardin. tandis que la
compagnie s'est un peu eloignée? & cette declaration est suivie d'un prompt courroux, qui paroît à
nostre rougeur, & qui pour un temps bannit l'A-
mant de nôtre presence. Ensuite, il trouve moyen
de nous appaiser, de nous accoûtumer insensible-
ment au discours de sa passion, & de tirer de nous
cet

cet aveu qui fait tant de peine. Aprés cela viennent les avantures; les Rivaux qui se jettent à la traverse d'une inclination établie, les persecutions des Peres, les jalousies conceuës sur de fausses apparences, les plaintes, les desespoirs, les enlevemens, & ce qui s'ensuit. Voilà comme les choses se traittent dans les belles manieres, & ce sont des regles dont en bonne galanterie on ne sauroit se dispenser; mais en venir de but en blanc à l'union conjugale! ne faire l'amour qu'en faisant le contract du mariage! & prendre justement le Roman par la queuë! Encore un coup, mon pere, il ne se peut rien de plus Marchand que ce procedé; & j'ai mal au cœur de la seule vision que cela me fait.

G O R G I B U S.

Quel diable de jargon entens-je ici? voici bien du haut stile.

C A T H O S.

En effet, mon oncle, ma cousine donne dans le vrai de la chose. Le moyen de bien recevoir des gens qui sont tout à fait incongrus en galanterie? je m'en vais gager qu'ils n'ont jamais vû la Carte de Tendre, & que billet-doux, petits soins, billets galans & jolis Vers, sont des terres inconnuës pour eux. Ne voyez vous pas que toute leur personne marque cela, & qu'ils n'ont point cet air qui donne d'abord bonne opinion des gens? venir en visite amoureuse avec une jambe toute unie; un chapeau desarmé de plumes; une tête irreguliere en cheveux, & un habit qui souffre une indigence de rubans; mon Dieu quels Amans sont-ce là! quelle frugalité d'ajustement, & quelle secheresse de conversation! on n'y dure point, on n'y tient pas. J'ai remarqué encore que leurs rabats ne sont pas de la bonne faiseuse, & qu'il s'en faut plus d'un grand demi-
pied,

pied, que leurs hauts de chausses, ne soient affez
larges,

GORGIBUS.

Je pense qu'elles sont folles toutes deux, & je ne
puis rien comprendre à ce baragoin. Cathos & vous
Magdelon.

MAGDELON.

Eh de grace, mon Pere, défaites vous de ces noms
étranges, & nous appellez autrement.

GORGIBUS.

Comment, ces noms étranges ? ne sont-ce pas
vos noms de Baptéme ?

MAGDELON.

Mon Dieu, que vous êtes vulgaire ! pour moi
un de mes étonnemens, c'est que vous ayez pû faire une fille si spirituelle que moi. A t-on jamais
parlé dans le beau stile, de Cathos ni de Magdelon ?
& ne m'avoüerez-vous pas que ce seroit assez d'un
de ces noms pour décrier le plus beau Roman du
monde ?

CATHOS.

Il est vrai, mon oncle, qu'une oreille un peu
delicate pàtit furieusement à entendre prononcer ces
mots là, & le nom de Polixene, que ma cousine a
choisi, & celui d'Aminthe, que je me suis donné, ont une grace, dont il faut que vous demeuriez
d'accord.

GORGIBUS.

Ecoutez, il n'y a qu'un mot qui serve. Je n'entens point que vous ayez d'autres noms que ceux
qui vous ont été donnez par vos parrains & mar-
raines ; & pour ces Messieurs, dont il est question,
je connois leurs familles & leurs biens, & je veux
résolument, que vous vous disposiez à les recevoir
pour maris. Je me lasse de vous avoir sur les bras, &

la garde de deux filles eſt une charge un peu trop pe-
ſante, pour un homme de mon âge.

C A T H O S.

Pour moi, mon oncle, tout ce que je vous puis
dire, c'eſt que je trouve le mariage une choſe tout à
fait choquante. Comment eſt ce qu'on peut ſouffrir la penſée de coucher contre un homme vraye-
ment nud ?

M A G D E L O N.

Souffrez que nous prenions un peu haleine par-
mi le beau monde de Paris, où nous ne faiſons
que d'arriver. Laiſſez nous faire à loiſir le tiſſu de
nôtre Roman, & n'en preſſez point tant la conclu-
ſion.

G O R G I B U S.

Il n'en faut point douter, elles ſont achevées.
Encore un coup, je n'entens rien à toutes ces ba-
livernes, je veux être Maître abſolu ; & pour
trancher toutes ſortes de diſcours, ou vous ſerez
mariées toutes deux, avant qu'il ſoit peu, ou, ma
foi, vous ſerez Religieuſes, j'en fais un bon ſer-
ment.

S C E-

SCENE V.

CATHOS, MAGDELON.

CATHOS.

MOn Dieu, ma chere, que ton pere a la forme enfoncée dans la matiere ! que son intelligence est épaisse, & qu'il fait sombre dans son ame !

MAGDELON,

Que veux tu, ma chere? j'en suis en confusion pour lui. J'ai peine à me persuader que je puisse être veritablement sa fille, & je croi que quelque avanture un jour me viendra déveloper une naissance plus illustre.

CATHOS.

Je le croirois bien, oui, il y a toutes les apparences du monde, & pour moi, quand je me regarde aussi.....

SCE-

S C E N E VI.

MAROTTE, CATHOS, MAGDELON.

MAROTTE.

VOilà un laquais qui demande ſi vous êtes au logis, & dit que ſon Maître vous veut venir voir.

MAGDELON.

Apprenez, ſotte, à vous énoncer moins vulgairement. Dites, voilà un neceſſaire qui demande ſi vous êtes en commodité d'être viſibles.

MAROTTE.

Dame, je n'entens point le Latin, & je n'ai pas appris, comme vous, la Filoſofie dans le grand Cyre.

MAGDELON.

L'impertinente! le moyen de ſouffrir cela! & qui eſt-il le Maître de ce laquais?

MAROTTE.

Il me l'a nommé le Marquis de Maſcarille.

MAGDELON.

Ah ma chere! un Marquis; oui, allez dire qu'on nous peut voir. C'eſt ſans doute un bel eſprit, qui aura oui parler de nous.

CATHOS.

Aſſeurément, ma chere.

MAGDELON.

Il faut le recevoir dans cette ſalle baſſe, plûtôt qu'en nôtre chambre; ajuſtons un peu nos cheveux au moins, & ſoûtenons nôtre reputation. Vite, venez nous tendre ici dedans le conſeiller des graces.

MA-

M A R O T T E.

Par ma foi, je ne sai point quelle bête c'est là,
il faut parler Chrétien, si vous vouliez que je vous
entende.

C A T H O S.

Apportez-nous le miroir, ignorante que vous êtes,
Et gardez vous bien d'en salir la glace, par la com-
munication de vôtre image.

S C E N E VII.

M A S C A R I L L E, DEUX PORTEURS.

M A S C A R I L L E.

HOla, Porteurs, hola. Là, là, là, là, là, là.
Je pense que ces marauts-là ont dessein de me
briser à force de heurter contre les murailles & les
pavez.

I. P O R T E U R.

Dame, c'est que la porte est étroite. Vous avez
voulu aussi que nous soyons entrez jusqu'ici.

M A S C A R I L L E.

Je le croi bien. Voudriez-vous, faquins, que
j'exposasse l'embonpoint de mes plumes, aux incle-
mences de la saison pluvieuse? & que j'allasse impri-
mer mes souliers en boüe; allez, ôtez vôtre chaise d'ici.

2. P O R T E U R.

Payez nous donc, s'il vous plaît, Monsieur.

M A S C A R I L L E.

Hem?

2. P O R T E U R.

Je dis, Monsieur, que vous nous donniez de l'argent, s'il vous plaît.

M A-

MASCARILLE *lui donnant un soufflet.*
Comment, coquin, demander de l'argent à une
personne de ma qualité?

2. PORTEUR.
Est-ce ainsi qu'on paye les pauvres gens? & vôtre
qualité nous donne-t-elle à dîner?

MASCARILLE.
Ah, ah, ah, je vous apprendrai à vous connoître.
Ces canailles-là s'osent jouer à moi.

1. PORTEUR, *Prenant un des
bâtons de sa chaise.*
çà, payez-nous vîtement.

MASCARILLE.
Quoi?

1. PORTEUR.
Je dis, que je veux avoir de l'argent tout à l'heure.

MASCARILLE.
Il est raisonnable.

1. PORTEUR.
Vîte donc.

MASCARILLE.
Oui dà, tu parles comme il faut, toi; mais l'autre est un coquin, qui ne sait ce qu'il dit. Tien,
es-tu content?

1. PORTEUR.
Non, je ne suis pas content, vous avez donné un
soufflet à mon camarade, &...

MASCARILLE.
Doucement, tien, voilà pour le soufflet. On
obtient tout de moi, quand on s'y prend de la
bonne façon. Allez, venez me reprendre tantôt,
pour aller au Louvre au petit coucher.

SCE.

SCENE VIII.

MAROTTE, MASCARILLE.

MAROTTE.

MOnsieur, voilà mes Maîtresses qui vont venir tout à l'heure.

MASCARILLE.

Qu'elles ne se pressent point, je suis ici posté commodement pour attendre.

MAROTTE.

Les voici.

SCENE IX.

MAGDELON, CATHOS, MASCA-RILLE, ALMANZOR.

MASCARILLE *aprés avoir salué.*

MEs Dames, vous serez surprises, sans doute de l'audace de ma visite ; mais vôtre reputation vous attire cette méchante affaire, & le merite a pour moi des charmes si puissans, que je cours par tout aprés lui.

MAGDELON.

Si vous poursuivez le merite, ce n'est pas sur nos terres que vous devez chasser.

CATHOS.

Pour voir chez nous le merite, il a fallu que vous l'y ayez amené

MASCARILLE.

Ah, je m'inscris en faux contre vos paroles. La renommée accuse juste, en contant ce que vous valez, & vous allez faire pic, repic, & capot, tout ce qu'il y a de galant dans Paris.

MAG-

M A G D E L O N.

Vôtre complaisance pousse un peu trop avant la
liberalité de ses loüanges, & nous n'avons garde,
ma cousine & moi, de donner de nôtre serieux,
dans le doux de vôtre flatterie.

C A T H O S.

Ma chere, il faudroit faire donner des sieges.

M A G D E L O N.

Hola, Almanzor.

A L M A N Z O R.

Madame.

M A G D E L O N.

Vite, voiturez nous ici les commoditez de là
conversation.

M A S C A R I L L E.

Mais au moins, y a-t-il seureté ici pour moi?

C A T H O S.

Que craignez-vous?

M A S C A R I L L E.

Quelque vol de mon cœur, quelque assassinat
de ma franchise. Je voi ici des yeux qui ont la mine d'être de fort mauvais garçons, de faire insulte
aux libertez, & de traiter une ame de Turc à Mo-
re. Comment diable, d'abord qu'on les approche,
ils se mettent sur leur garde meurtriere? Ah! par
ma foi je m'en défie, & je m'en vais gagner au pied,
ou je veux caution bourgeoise, qu'ils ne me feront
point de mal.

M A G D E L O N.

Ma chere, c'est le caractere enjoüé.

C A T H O S.

Je vois bien que c'est un Amilcar.

M A G D E L O N.

Ne craignez rien, nos yeux n'ont point de mauvais desseins, & vôtre cœur peut dormir en asseuran-
ce sur leur preud'hommie.

C A-

CATHOS.

Mais de grace, Monsieur, ne soyez pas inéxorable à ce fauteuil qui vous tend les bras il y a un quart d'heure; contentez un peu l'envie qu'il a de vous embraffer.

MASCARILLE *après s'être peigné & avoir ajufté ses Canons.*

Et bien, mes-Dames, que dites-vous de Paris?

MAGDELON.

Helas! qu'en pourrions-nous dire? Il faudroit être l'antipode de la raifon, pour ne pas confefier que Paris eft le grand bureau des merveilles, le centre du bon goût, du bel efprit & de la galanterie.

MASCARILLE.

Pour moi, je tiens que hors de Paris, il n'y a point de falut pour les honnétes gens.

CATHOS.

C'eft une verité inconteftable.

MASCARILLE.

Il y fait un peu croté, mais nous avons la Chaife.

MAGDELON.

Il eft vrai que la Chaife eft un retranchement merveilleux contre les infultes de la bouë, & du mauvais temps.

MASCARILLE.

Vous recevez beaucoup de vifites? Quel bel efprit eft des vôtres?

MAGDELON.

Helas, nous ne fommes pas encore connués; mais nous fommes en pafíe de l'être, & nous avons une amie particuliere, qui nous a promis d'amener ici tous ces Meffieurs du Recœuil des Pieces Choifies.

CA.

C A T H O S.

Et certains autres qu'on nous a nommez aussi pour être les arbitres souverains des belles choses.

M A S C A R I L L E.

C'est moi qui ferai vôtre affaire mieux que personne, ils me rendent tous visite, & je puis dire que je ne me leve jamais sans une demi-douzaine de beaux esprits.

M A G D E L O N.

Eh ! mon Dieu, nous vous serons obligées de la derniere obligation, si vous nous faites cette amitié : car enfin, il faut avoir la connoissance de tous ces Messieurs-là, si l'on veut être du beau monde. Ce font ceux qui donnent le branle à la reputation dans Paris ; & vous savez qu'il y en a tel, dont il ne faut que la seule frequentation, pour vous donner bruit de connoisseuse, quand il n'y auroit rien autre chose que cela. Mais pour moi ce que je considere particulierement, c'est que par le moyen de ces visites spirituelles, on est instruite de cent choses, qu'il faut savoir de necessité, & qui sont de l'essence d'un bel esprit. On apprend par là, chaque jour, les petites nouvelles galantes ; les jolis commerces de Prose, ou de Vers. On sait à point nommé ; Un tel a composé la plus jolie piece du monde sur un tel sujet ; une telle a fait des paroles sur un tel air ; celui-ci a fait un Madrigal sur une joüissance ; celui-là a composé des Stances sur une infidelité ; Monsieur un tel écrivit hier au soir un Sixain à Mademoiselle une telle, dont elle lui a envoyé la réponse ce matin sur les huit heures ; un tel Autheur a fait un tel dessein ; celui là est à la troisiéme Partie de son Roman ; cet autre met ses ouvrages sous la presse : C'est là ce qui vous fait valoir dans les compagnies ;

& si l'on ignore ces choses, je ne donnerois pas un clou de tout l'esprit qu'on peut avoir.

CATHOS.

En effet, je trouve que c'est rencherir sur le ridicule, qu'une personne se pique d'esprit, & ne sache pas jusqu'au moindre petit Quatrain qui se fait chaque jour, & pour moi, j'aurois toutes les hontes du monde, s'il falloit qu'on vint à me demander, si j'aurois vû quelque chose de nouveau, que je n'aurois pas vû.

MASCARILLE.

Il est vrai qu'il est honteux de n'avoir pas des premiers tout ce qui se fait ; mais ne vous mettez pas en peine. Je veux établir chez vous une Academie de beaux Esprits, & je vous promets, qu'il ne se fera pas un bout de Vers dans Paris, que vous ne sachiez par cœur avant tous les autres. Pour moi, tel que vous me voyez, je m'en escrime un peu quand je veux, & vous verrez courir de ma façon dans les belles Ruelles de Paris, deux cens Chansons, autant de Sonnets, quatre cens Epigrammes, & plus de mille Madrigaux, sans compter les Enigmes & les Portraits.

MAODELON.

Je vous avouë que je suis furieusement pour les Portraits ; je ne vois rien de si galant que cela.

MASCARILLE.

Les Portraits sont difficiles, & demandent un esprit profond. Vous en verrez de ma maniere, qui ne vous déplairront pas.

CATHOS.

Pour moi j'aime terriblement les Enigmes.

MASCARILLE.

Cela exerce l'esprit, & j'en ai fait quatre
enco-

encore ce matin , que je vous donnerai à devi-
ner

M A G D E L O N,.
Les Madrigaux font agreables , quand ils font bien
tournez.

M A S C A R I L L E.
C'est mon talent particulier , & je travail-
le à mettre en Madrigaux toute l'Histoire Romai-
ne.

M A G D E L O N,
Ah ! certes , cela fera du dernier beau , j'en re-
tiens un exemplaire au moins , si vous le faites im-
primer.

M A S C A R I L L E.
Je vous en promets à chacune un . & des mieux
reliez . Cela est au dessous de ma condition ; mais
je le fais seulement pour donner à gagner aux Li-
braires , qui me persecutent.

M A G D E L O N,
Je m'imagine que le plaisir est grand de se voir
imprimé.

M A S C A R I L L E.
Sans doute , mais à propos , il faut que je vous
die un impromptu que je fis hier chez une Duchesse
de mes amies , que je fus visiter ; car je suis diable-
ment fort sur les impromptus

C A T H O S.
L'impromptu est justement la pierre de touche de
l'esprit.

M A S C A R I L L E,
Escoutez donc.

M A G D E L O N.
Nous y sommes de toutes nos oreilles.

M A S C A R I L L E.
Oh , oh . je n'y prenois pas garde ,
Tandis que sans songer à mal , je vous regarde ,

Vôtre œil en tapinois me dérobe mon cœur,
Au voleur, au voleur, au voleur, au voleur.

CATHOS.

Ah mon Dieu! voilà qui est poussé dans le dernier galant.

MASCARILLE.

Tout ce que je fais a l'air Cavalier, cela ne sent
point le Pedant.

MAGDELON.

Il en est éloigné de plus de deux mille lieuës.

MASCARILLE.

Avez-vous remarqué ce commencement, *oh, oh?*
voilà qui est extraordinaire, *oh. oh.* Comme un
homme qui s'avise tout d'un coup, *oh, oh.* La sur-
prise, *oh, oh.*

MAGDELON.

Oui, je trouve ce *oh, oh,* admirable.

MASCARILLE.

Il semble que cela ne soit rien.

CATHOS.

Ah, mon Dieu, que dites-vous? ce sont-là de ces
sortes de choses qui ne se peuvent payer.

MAGDELON.

Sans doute, & j'aimerois mieux avoir fait, *oh, oh,*
qu'un Poëme Epique.

MASCARILLE.

Tu dieu, vous avez le goût bon.

MAGDELON.

Eh, je ne l'ai pas tout à fait mauvais.

MASCARILLE.

Mais n'admirez-vous pas aussi, *je n'y prenois pas*
garde? je n'y prenois pas garde, je ne m'appercevois
pas de cela, façon de parler naturelle. *Je n'y pre-*
nois pas garde. Tandis que sans songer à mal. Tan-
dis qu'innocemment, sans malice, comme un
pau-

pauvre mouton ; *Je vous regarde* ; c'eſt à dire, je m'amuſe à vous conſiderer , je vous obſerve, je vous contemple. *Vôtre œil en tapinois........* Que vous ſemble de ce mot, *Tapinois*, n'eſt-il pas bien choiſi ?

CATHOS.
Tout à fait bien.

MASCARILLE.
Tapinois, en cachette, il ſemble que ce ſoit un chat qui vienne de prendre une ſouris. *Tapinois.*

MAGDELON.
Il ne ſe peut rien dire de mieux.

MASCARILLE.
Me dérobe mon cœur, me l'emporte , me le ravit. *Au voleur, au voleur , au voleur , au voleur.* Ne diriez-vous pas que c'eſt un homme qui crie & court aprés un voleur pour le faire arréter , *au voleur , au voleur , au voleur , au voleur.*

MAGDELON.
Il faut avoüer que cela a un tour ſpirituel & galant.

MASCARILLE.
Je veux vous dire l'air que j'ai fait là deſſus.

CATHOS.
Vous avez appris la Muſique ?

MASCARILLE.
Moi ? point du tout.

CATHOS.
Et comment donc cela ſe peut-il ?

MASCARILLE.
Les gens de qualité ſavent tout, ſans avoir jamais rien appris.

MAGDELON.
Aſſeurément , ma chere.

MASCARILLE.

Ecoutez si vous trouverez l'air à vôtre goût;
hem , hem , la , la , la , la , la. La brutalité de la saison
a furieusement outragé la délicatesse de ma voix;
mais il n'importe , c'est à la Cavaliere.

Il chante.

Oh , oh , je n' y prenois pas....

CATHOS.

Ah! que voilà un air qui est passionné ; Est-ce
qu'on n'en meurt point ?

MAGDELON.

Il y a de la chromatique là-dedans.

MASCARILLE.

Ne trouvez-vous pas la pensée bien exprimée
dans le chant ? *au voleur........* Et puis comme si
l'on crioit bien fort , *au, au , au , au , au, au, voleur:*
Et tout d'un coup comme une personne ésoufflée ,
au voleur.

MAGDELON.

C'est là savoir le fin des choses, le grand fin , le
fin du fin. Tout est merveilleux , je vous asseure ; je
suis entousiasmée de l'air & des paroles.

CATHOS.

Je n'ai encore rien vû de cette force là.

MASCARILLE.

Tout ce que je fais me vient naturellement, c'est
sans étude.

MAGDELON.

La nature vous a traité en vraye mere passionnée ,
& vous en étes l'enfant gâté.

MASCARILLE.

A quoi donc passez-vous le temps ?

CATHOS.

A rien du tout.

MAGDELON.

Nous avons été jufqu'ici, dans un jeune effroyable de divertiffemens.

MASCARILLE.

Je m'offre à vous mener l'un de ces jours à la Comedie, fi vous voulez, auffi-bien on en doit joüer vne nouvelle, que je ferai bien-aife, que nous voyions enfemble.

MAGDELON.

Cela n'eft pas de refus.

MASCARILLE.

Mais je vous demande d'applaudir, comme il faut, quand nous ferons-là, car je me fuis engagé de faire valoir la Piece, & l'Autheur m'en eft venu prier encore ce matin. C'eft la coûtume ici, qu'à nous autres gens de condition, les Autheurs viennent lire leurs Pieces nouvelles, pour nous engager à les trouver belles, & leur donner de la reputation; & je vous laiffe à penfer, fi quand nous difons quelque chofe, le Parterre ofe nous contredire. Pour moi j'y fuis fort exact; & quand j'ai promis à quelque Poëte, je crie toûjours, voilà qui eft beau, devant que les chandelles foient allumées.

MAGDELON.

Ne m'en parlez point, c'eft un admirable lieu que Paris; il s'y paffe cent chofes tous les jours, qu'on ignore dans les Provinces, quelque fpirituelle qu'on puiffe être.

CATHOS.

C'eft affez, puis que nous fommes inftruites, nous ferons nôtre devoir de nous écrier comme il faut, fur tout ce qu'on dira.

MASCARILLE.

Je ne fai fi je me trompe; mais vous avez toute la mine d'avoir fait quelque Comedie.

MAGDELON.

Eh! il pourroit être quelque chose de ce que vous
dites.

MASCARILLE.

Ah! ma foi, il faudra que nous la voyions. Entre nous, j'en ai composé une que je veux faire re-
prefenter.

CATHOS.

Hé, à quels Comediens la donnerez-vous?

MASCARILLE.

Belle demande! aux grands Comediens; il n'y
a qu'eux qui foient capables de faire valoir les chofes; les autres font des ignorans, qui recitent comme l'on parle; ils ne favent pas faire ronfler les
Vers, & s'arréter au bel endroit; & le moyen de
connoître où eft le beau Vers, fi le Comedien ne
s'y arréte, & ne vous avertit par là, qu'il faut faire
le brou-haha.

CATHOS.

En effet, il y a maniere de faire fentir aux Audi-
teurs les beautez d'un Ouvrage, & les chofes ne va-
lent que ce qu'on les fait valoir.

MASCARILLE.

Que vous femble de ma petite oye? la trouvez-
vous congruante à l'habit?

CATHOS.

Tout à fait.

MASCARILLE.

Le ruban eft bien choifi.

MAGDELON.

Furieufement bien. C'eft Perdrigeon tout pur.

MASCARILLE.

Que dites-vous de mes canons?

MAGDELON.

Ils ont tout à fait bon air.

MA-

MASCARILLE.

Je puis me vanter au moins, qu'ils ont un grand quartier plus que tous ceux qu'on fait.

MAGDELON.

Il faut avoüer que je n'ai jamais vû porter si haut l'élegance de l'ajustement.

MASCARILLE.

Attachez un peu sur ces gands la reflexion de vô tre odorat.

MAGDELON.

Ils sentent terriblement bon.

CATHOS.

Je n'ai jamais respiré une odeur mieux conditionnée.

MASCARILLE.

Et celle-là ?

MAGDELON.

Elle est tout à fait de qualité ; le sublime en est touché delicieusement.

MASCARILLE.

Vous ne me dites rien de mes plumes, comment les trouvez-vous?

CATHOS.

Effroyablement belles.

MASCARILLE.

Savez-vous que le brin me coûte un Loüis-d'or ? Pour moi j'ai cette manie, de vouloir donner generalement sur tout ce qu'il y a de plus beau.

MAGDELON.

Je vous asseure que nous simpathisons vous & moi, j'ai une delicatesse furieuse pour tout ce que je porte ; & jusqu'à mes chaussettes, je ne puis rien souffrir qui ne soit de la bonne ouvriere.

MA-

MASCARILLE, *s'écriant brusquement.*

Ahi , ahi , ahi, doucement; Dieu me damne, Mes-
Dames , c'eſt fort mal en uſer ; j'ai à me plaindre de
vôtre procedé ; cela n'eſt pas honnéte.

CATHOS.

Qu'eſt-ce donc ? qu'avez-vous ?

MASCARILLE.

Quoi , toutes deux contre mon cœur , en même-
temps, m'attaquer à droit & à gauche; ah ! c'eſt contre le droit des gens , la partie n'eſt pas égale , & je
m'en vais crier au meutre.

CATHOS.

Il faut avoüer qu'il dit les choſes d'une maniere
particuliere.

MAGDELON.

I! a un tour admirable dans l'eſprit.

CATHOS.

Vous avez plus de peur que de mal , & vôtre cœur
crie avant qu'on l'écorche.

MASCARILLE.

Comment diable ! il eſt écorché depuis la téte
juſqu'aux pieds.

SCENE X.

MAROTTE, MASCARILLE, CATHOS, MAGDELON.

MAROTTE.

M Adame on demande à vous voir.

MAGDELON.

Qui ?

MAROTTE.

Le Vicomte de Jodelet.

MASCARILLE,

Le Vicomte de Jodelet ?

MAROTTE,

Oui , Monsieur.

CATHOS.

Le connoiſſez-vous ?

MASCARILLE,

C'eſt mon meilleur ami.

MAGDELON.

Faites l'entrer vîtement.

MASCARILLE.

Il y a quelque temps que nous ne nous ſommes
vûs , & je ſuis ravi de cette avanture.

CATHOS.

Le voici.

SCENE XI.

JODELET, MASCARILLE, CATHOS, MAGDELON, MAROTTE.

MASCARILLE.

AH Vicomte !

JODELET, *s'embraffant l'un l'autre.*

Ah Marquis !

MASCARILLE.

Que je fuis aife de te rencontrer !

JODELET.

Que j'ai de joye de te voir ici.

MASCARILLE.

Baife-moi donc encore un peu , je te prie.

MAGDELON.

Ma toute Bonne , nous commençons d'être con-
nuës , voilà le beau monde qui prend le chemin de
nous venir voir.

MASCARILLE.

Mes-Dames agréez que je vous prefente ce Gentil-homme ci. Sur ma parole, il eft digne d'être
connu de vous.

JODELET.

Il eft jufte de venir vous rendre ce qu'on vous
doit , & vos attraits exigent leurs droits Seigneu-
riaux fur toutes fortes de perfonnes.

MAGDELON.

C'eft pouffer vos civilitez jufqu'aux derniers con-
fins de flaterie.

CATHOS.

Cette journée doit être marquée dans nôtre Al-
manach , comme une journée bienheureufe.

MAG.

M A G D E L O N.

Allons, petit garçon, faut il toûjours vous repeter les choses ? voyez-vous pas qu'il faut le surcroît d'un fauteuil ?

M A S C A R I L L E.

Ne vous étonnez pas de voir le Vicomte de la forte, il ne fait que sortir d'une maladie qui lui a rendu le visage pâle, comme vous le voyez.

J O D E L E T.

Ce sont fruits des veilles de la Cour, & des fatigues de la guerre.

M A S C A R I L L E.

Savez-vous mes Dames, que vous voyez dans le Vicomte un des vaillans hommes du siecle ? c'est un brave à trois poils.

J O D E L E T.

Vous ne m'en devez rien, Marquis, & nous savons ce que vous savez faire aussi.

M A S C A R I L L E.

Il est vrai que nous nous sommes vûs tous deux dans l'occasion.

J O D E L E T.

Et dans des lieux où il faisoit fort chaud.

M A S C A R I L L E, *les regardant toutes deux.*

Oui, mais non pas si chaud qu'ici. Hai, hai, hai.

J O D E L E T.

Nôtre connoissance s'est faite à l'armée, & la premiere fois que nous nous vîmes, il commandoit un Regiment de Cavalerie sur les Galeres de Malthe.

M A S C A R I L L E.

Il est vrai ; mais vous étiez pourtant dans l'emploi avant que j'y fusse, & je me souviens que je

n'étois

n'étois que petit Officier encore, que vous com-
mandiez deux mille Chevaux.

JODELET.

La Guerre est une belle chose ; mais ma foi, la
Cour récompense bien mal aujourd'hui les gens de
service comme nous.

MASCARILLE.

C'est ce qui fait que je veux pendre l'épée au
croc.

CATHOS.

Pour moi, j'ai un furieux tendre pour les hommes d'épée.

MAGDELON.

Je les aime aussi : mais je veux que l'esprit assai-
sonne la bravoure.

MASCARILLE.

Te souvient-il, Vicomte, de cette demi-lune,
que nous emportâmes sur les ennemis au Siege
d'Arras ?

JODELET.

Que veux-tu dire avec ta demi lune ? c'étoit bien
une lune toute entiere.

MASCARILLE.

Je pense que tu as raison.

JODELET.

Il m'en doit bien souvenir, ma foi : j'y fus bles-
sé à la jambe d'un coup de grenade, dont je porte
encore les marques. Tâtez un peu , de grace , vous
sentirez quel coup c'étoit la.

CATHOS.

Il est vrai que la cicatrice est grande.

MASCARILLE.

Donnez-moi un peu vôtre main, & tâtez celui-ci : là, justement au derriere de la teste. Y étes-
vous ?

MAG-

MAGDELON.
Oui, je sens quelque chose.

MASCARILLE.
C'est un coup de Mousquet que je receus la derniere campagne que j'ai faite.

JODELET.
Voici un coup qui me perça de part en part à l'at-
taque de Graveline.

MASCARILLE, *mettant la main sur*
le bouton de son haut de chausse.
Je vais vous montrer une furieuse playe.

MAGDELON.
Il n'est pas necessaire, nous le croyons, sans y re-
garder.

MASCARILLE.
Ce sont des marques honorables, qui font voir
ce qu'on est.

CATHOS.
Nous ne doutons point de ce que vous êtes.

MASCARILLE.
Vicomte, as-tu là ton Carosse ?

JODELET.
Pourquoi ?

MASCARILLE.
Nous menerions promener ces Dames hors des
Portes, & leur donnerions un cadeau.

MAGDELON.
Nous ne saurions sortir aujourd'hui.

MASCARILLE.
Ayons donc les violons pour dancer.

JODELET.
Ma foi c'est bien avisé.

MAGDELON.
Pour cela nous y consentons ; mais il faut donc
quelque surcroit de compagnie.

MASCARILLE.

Hola Champagne, Picard, Bourguignon, Casquaret, Basque, la Verdure, Lorrain, Provençal, la Violette.

Au Diable soient tous les Laquais. Je ne pense pas qu'il y ait Gentil-homme en France plus mal servi que moi. Ces canailles me laissent toûjours seul.

MAGDELON.

Almanzor, dites aux gens de Monsieur, qu'ils aillent querir des Violons, & nous faites venir ces Messieurs, & ces Dames d'ici prés; pour peupler la solitude de nôtre bal.

MASCARILLE.

Vicomte, que dis-tu de ces yeux?

JODELET.

Mais toi-même, Marquis, que t'en semble.

MASCARILLE

Moi, je dis, que nos libertez auront peine à sortir d'ici les brayes nettes. Au moins, pour moi, je reçois d'étranges secousses, & mon cœur ne tient qu'à un filet.

MAGDELON.

Que tout ce qu'il dit est naturel! il tourne les choses le plus agreablement du monde,

CATHOS.

Il est vrai, qu'il fait une furieuse dépense en esprit.

MASCARILLE.

Pour vous montrer que je suis veritable, je veux faire un impromptu là-dessus.

CATHOS.

Eh! je vous en conjure, de toute la devotion de mon cœur; que nous oyons quelque chose qu'on ait fait pour nous.

Jo-

J O D E L E T.

J'aurois envie d'en faire autant : mais je me trouve un peu incommodé de la veine Poëtique , pour
la quantité de faignées que j'y ai faites ces jours
paffez.

M A S C A R I L L E.

Que diable eft-ce-là ? je fais toûjours bien le pre-
mier Vers : mais j'ai peine à faire les autres. Ma
foi , ceci eft un peu trop preffé , je vous ferai un impromptu à loifir , que vous trouverez le plus beau
du monde.

J O D E L E T.

Il a de l'efprit comme un Demon.

M A G D E L O N.

Et du galant , & du bien tourné.

M A S C A R I L L E.

Vicomte , di-moi un peu , y a-t-il long-temps que
tu n'as vû la Comteffe ?

J O D E L E T.

Il y a plus de trois femaines que je ne lui ai rendu
vifite.

M A S C A R I L L E.

Sais-tu bien que le Duc m'eft venu voir ce matin , & m'a voulu mener à la campagne courir un
Cerf avec lui ?

M A G D E L O N.

Voici nos amies qui viennent.

SCENE XII.

JODELET, MASCARILLE, CATHOS, MAGDELON, MAROTTE, LUCILE.

MAGDELON.

MOn Dieu, mes cheres, nous vous demandons pardon. Ces Messieurs ont eu fantaisie de nous donner les ames des pieds, & nous vous avons envoyé querir pour remplir les vuides de nôtre Assemblée.

LUCILE.

Vous nous avez obligées sans doute.

MASCARILLE.

Ce n'est ici qu'un Bal à la hâte ; mais l'un de ces jours nous vous en donnerons un dans les formes. Les Violons sont-ils venus ?

ALMANZOR.

Oui, Monsieur, ils sont ici.

CATHOS.

Allons donc, mes cheres, prenez place.

MASCARILLE, *dançant lui seul comme par Prelude.*

La, la, la, la, la, la, la, la.

MAGDELON.

Il a tout à fait la taille élegante.

CATHOS.

Et mine de dancer proprement.

MASCARILLE, *ayant pris Magdelon.*

Ma franchise va dancer la courante aussi bien que mes pieds. En cadance, Violons, en cadance. O quels ignorans ! il n'y a pas moyen de dancer avec eux. Le Diable vous emporte, ne sauriez-vous jouer

joüer en mesure ? La , la , la ,la , la , la , la , la ? Fer-
me , ô Violons de village.

J O D E L E T , dançant ensuite.

Hola , ne pressez pas si fort la cadance , je ne fais
que sortir de maladie.

SCENE XIII.

DU CROISI, LA GRANGE, MASCARILLE.

L A G R A N G E.

AH , ah , coquins , que faites vous ici ? il y a trois
heures que nous vous cherchons

M A S C A R I L L E , se sentant battre.

Ahi , ahi , ahi , vous ne m'aviez pas dit que les
coups en seroient aussi.

J O D E L E T.

Ahi , ahi , ahi.

L A G R A N G E.

C'est bien à vous , infame que vous étes , à vouloir faire l'homme d'importance.

D u C R O I S I.

Voilà qui vous apprendra à vous connoître.

Ils sortent.

SCE-

SCENE XIV.

MASCARILLE, JODELET, CATHOS, MAGDELON.

MAGDELON.

QUe veut donc dire ceci ?

JODELET.

C'est une gageure.

CATHOS.

Quoi, vous laisser battre de la sorte !

MASCARILLE.

Mon Dieu, je n'ai pas voulu faire semblant de rien : car je suis violent, & je me serois emporté.

MAGDELON.

Endurer un affront comme celui-là, en nôtre presence !

MASCARILLE.

Ce n'est rien, ne laissons pas d'achever. Nous nous connoissons il y a long-temps, & entre amis on ne va pas se piquer pour si peu de chose.

SCENE XV.

DU CROISI, LA GRANGE, MASCARILLE, JODELET, MAGDELON, CATHOS.

LA GRANGE.

MA foi, marauts, vous ne vous rirez pas de nous, je vous promets. Entrez, vous autres.

MAGDELON.

Quelle est donc cette audace, de venir nous troubler de la sorte, dans nôtre maison.

DU CROISI.

Comment, mes-Dames, nous endurerons que nos laquais soient mieux receûs que nous? qu'ils viennent vous faire l'amour à nos depens, & vous donnent le Bal?

MAGDELON.

Vos laquais?

LA GRANGE.

Oui, nos laquais, & cela n'est ni beau ni honnéte, de nous les débaucher, comme vous faites.

MAGDELON.

O Ciel, quelle insolence!

LA GRANGE.

Mais il n'auront pas l'avantage de se servir de nos habits, pour vous donner dans la veuë; & si vous les voulez aimer, ce sera, ma foi, pour leurs beaux yeux. Vîte qu'on les dépouille sur le champ.

JODELET.

Adieu nôtre braverie.

MASCARILLE.

Voilà le Marquisat & la Vicomté à bas.

DU CROISI.

Ha, ha, coquins, vous avez l'audace d'aller sur
nos brisées. Vous irez chercher autre part de quoi
vous rendre agreables aux yeux de vos belles, je vous
en asseure.

LA GRANGE.

C'est trop que de nous supplanter, & de nous supplanter avec nos propres habits.

MASCARILLE.

O fortune quelle est ton inconstance !

DU CROISI.

Vite, qu'on leur ôte jusqu'à la moindre chose.

LA GRANGE.

Qu'on emporte toutes ces hardes, dépeschez.
Maintenant . mes-Dames, en l'état qu'ils sont,
vous pouvez continuer vos amours avec eux, tant
qu'il vous plaira, nous vous laisserons toute sorte
de liberté pour cela, & nous vous protestons, Monsieur & moi, que nous n'en serons aucunement ja-
loux.

CATHOS.

Ah quelle confusion !

MAGDELON.

Je creve de dépit.

VIOLONS, *au Marquis*.

Qu'est-ce donc que ceci? qui nous payera nous
autres?

MASCARILLE.

Demandez à Monsieur le Vicomte.

VIOLONS, *au Vicomte*.

Qui est-ce, qui nous donnera de l'argent ?

JODELET.

Demandez à Monsieur le Marquis.

SCE-

SCENE XVI.

GORGIBUS, MASCARILLE, MAGDELON.

GORGIBUS.

AH! coquines que vous étes, vous nous mettez dans de beaux draps blancs, à ce que je voi, & je viens d'apprendre de belles affaires, vraiement, de ces Meſſieurs qui ſortent.

MAGDELON.

Ah! mon pere, c'eſt une piece ſanglante qu'ils nous ont faite.

GORGIBUS.

Oui, c'eſt une piece ſangl nte; mais qui eſt un effet de vôtre impertinence, infames. Ils ſe ſont reſſentis du traitement que vous leur avez fait; & cependant, malheureux que je ſuis, il faut que je boive l'affront.

MAGDELON.

Ah! je jure, que nous en ſerons vangées, ou que je mourrai en la peine. Et vous maruds, oſez-vous vous tenir ici aprés vôtre inſolence?

MASCARILLE.

Traiter comme cela un Marquis? Voilà ce que c'eſt que du monde, la moindre diſgrace nous fait mépriſer de ceux qui nous cheriſſoient. Allons, camarade, allons chercher fortune autre part; je vois bien qu'on n'aime ici que la vaine apparence, & qu'on n'y conſidere point la vertu toute nuë.

Ils ſortent tous deux.

SCE-

SCÉNE XVII.

GORGIBUS, MAGDELON,
CATHOS, VIOLONS.

VIOLONS,

Monsieur, nous entendons que vous nous contentiez à leur défaut, pour ce que nous avons joüé ici.

GORGIBUS, *les battant.*

Oui, oui, je vous vais contenter, & voici la monnoye dont je vous veux payer. Et vous, pendardes, je ne sai qui me tient que je ne vous en fasse autant; nous allons servir de fable & de risée à tout le monde, & voilà ce que vous vous êtes attiré par vos extravagances. Allez vous cacher, vilaines, allez vous cacher pour jamais. Et vous, qui êtes cause de leur folie, sottes billevesées, pernicieux amusemens des esprits oisifs, Romans, Vers, Chansons, Sonnets & Sonnettes, puissez-vous être à tous les Diables.

FIN.